ESCOLHA SUA AVENTURA

AO ESPAÇO E ALÉM

ESCOLHA SUA AVENTURA

AO ESPAÇO E ALÉM

R. A. MONTGOMERY

Tradução
Carolina Caires Coelho

1ª edição

Rio de Janeiro-RJ / Campinas-SP, 2013

Editora: Raïssa Castro
Coordenadora Editorial: Ana Paula Gomes
Copidesque: Anna Carolina G. de Souza
Revisão: Gabriela Lopes Adami
Capa e Ilustrações: Weberson Santiago
Assistente de Arte: Giordano Barros
Projeto Gráfico: André S. Tavares da Silva

Título original: *Space and Beyond*

ISBN: 978-85-7686-270-3

Verus Editora Ltda.
Rua Benedicto Aristides Ribeiro, 55, Jd. Santa Genebra II, Campinas/SP, 13084-753
Fone/Fax: (19) 3249-0001 | www.veruseditora.com.br

CIP-BRASIL. CATALOGAÇÃO NA FONTE
SINDICATO NACIONAL DOS EDITORES DE LIVROS, RJ

M791a

Montgomery, R. A., 1936-
Ao espaço e além / R. A. Montgomery ; tradução Carolina Caires Coelho ; [ilustração Weberson Santiago]. - 1. ed. - Campinas, SP : Verus, 2013.
il. ; 21 cm. (Escolha sua aventura ; 3)

Tradução de: Space and beyond
ISBN 978-85-7686-270-3

1. Ficção infantojuvenil americana. I. Santiago, Weberson. II. Coelho, Carolina Caires. III. Título. IV. Série.

13-02404 CDD: 028.5
CDU: 087.5

Revisado conforme o novo acordo ortográfico

Para Anson e Ramsey,
Avery e Lila
e Shannon

PRESTE ATENÇÃO E TOME CUIDADO!

Este livro é diferente dos outros.

Você e SÓ VOCÊ é responsável pelo que acontece na história.

Há perigos, escolhas, aventuras e consequências. VOCÊ deve usar os seus vários talentos e grande parte da sua enorme inteligência. A decisão errada pode acabar em tragédia — até em morte. Mas não se desespere! A qualquer momento, VOCÊ pode voltar atrás e tomar outra decisão, mudar o rumo da história e ter outro resultado.

Primeiro, você deve escolher o planeta de seu nascimento. A escolha que VOCÊ fizer vai determinar grande parte do seu futuro. Tente escolher com sabedoria. Como dizem em outra galáxia não tão distante desta: Gleeb Fogo!

Boa sorte!

1

Você nasceu numa espaçonave que viajava entre galáxias, numa perigosa missão de pesquisa. A tripulação inclui pessoas de cinco diferentes galáxias. Seus pais não são da mesma galáxia, mas ambos têm traços comuns àqueles encontrados no planeta Terra, na Via Láctea.

Como nasceu no meio do espaço, você precisa escolher a galáxia e o planeta do qual será cidadão.

A espaçonave está a uma velocidade 62 vezes superior à da luz. Você vai completar a idade terrestre de dezoito anos em apenas três dias e duas horas. Agora, você tem de escolher entre o planeta Kenda, na galáxia de PINTUM, ou o Croyd, na galáxia de OOPHOSS. O comandante da missão exige uma decisão.

Vá para a próxima página.

2

Kenda é três vezes maior que a Terra. A estrela que fornece parte de sua força de vida é enorme, porém antiga. Existe o receio de que ela esteja perdendo sua força. Kenda tem uma história repleta de problemas.

Croyd fica na galáxia de OOPHOSS, muito distante da Via Láctea. Essa galáxia tem buracos negros e supernovas. Sempre foi considerada uma região incerta por pesquisadores e tripulantes de naves espaciais. Trata-se de uma área complicada, os buracos negros são desconhecidos e muito perigosos. Relatórios de sondas espaciais revelaram que Croyd teve um passado obscuro e problemático. O relatório também prevê um brilhante e interessante futuro.

Se escolher Kenda como seu planeta, vá para a página 3.

Se, por outro lado, Croyd lhe parecer mais interessante, aposte suas fichas na página 4.

Kenda já está visível no scanner de galáxias. Agora que você escolheu, seus pais disseram que Kenda é o lar do seu pai. Cuidadosamente, a tripulação prepara uma nave para sua jornada até o planeta. Ao sentar-se diante dos controles e posicionar o mapa do voo, você se solta da nave mãe e flutua pelo espaço. Ali você é lançado pelos geradores de gravidade.

Alguma coisa está errada! Você olha para o scanner e vê uma nebulosa que não devia estar no seu caminho. De repente, os gases e as partículas da nebulosa cercam a nave. Os geradores de gravidade e os sistemas de ajuda podem falhar. O equipamento de radiação interrompe o silêncio da jornada espacial com sinais incessantes e lança um alerta de níveis perigosos de radiação.

Você pode tentar voltar à nave mãe. Se escolher fazer isso, vá para a página 5.

Se confiar no seu instinto para seguir em frente, vá para a página 6.

4

Croyd! Que nome. Você não pode resistir a esse planeta e a seu passado desconhecido. Quando o comandante da missão mencionou a esperança de um futuro melhor, você decidiu que era para lá que devia ir. É onde a sua mãe nasceu. Ela abraça você, lhe deseja sorte e lhe entrega um pequeno objeto de metal numa corrente.

— Talvez isso ajude você...

Quando você estava prestes a receber as instruções finais, um jovem membro da tripulação se aproximou:

— Deixe-me ir com você, vai precisar de ajuda.

Você não o conhece bem, mas sempre o considerou alegre e solícito. Seu nome é Mermah. Seu sorriso amplo faz com que você se sinta animado em relação às aventuras que estão por vir. É claro que ele pode ir.

O diretor de pesquisa faz um alerta sobre a Sunpo, uma estrela enorme, doze vezes maior que o sol da Terra. Sun-Thee está no caminho, e sua enorme atração gravitacional pode ser perigosa. O diretor de pesquisa também alerta sobre os buracos negros e as supernovas. Ele diz que se você quiser adiar sua partida e passar pela Academia Space, suas chances de sucesso podem ser bem maiores.

Se adiar a partida para estudar na Academia Space,
vá para a página 7.

Se quiser partir logo para Croyd, vá para a página 8.

Voltar para a nave mãe deve ser fácil. Você aperta o botão de controle e pressiona o cabo de reversão. Mas, nesse instante, a luz da cabine começa a piscar em verde e amarelo, e todos os sistemas param. Gases e partículas de poeira invadem o local. Você começa a pressionar botões de reinicialização, mas nada acontece.

Tão repentinamente quanto começou, o gás para. As luzes de alerta se apagam, o painel de comando pisca e os sistemas de controle de voo sinalizam PARTIR. O sinal de socorro automático se interrompe e, exausto, você se senta diante dos monitores.

Se decidir esperar pela ajuda depois do pedido de socorro e então voltar para a nave mãe, vá para a página 10.

Se decidir seguir em frente, agora que a misteriosa nebulosa desapareceu, vá para a página 11.

6

Uma forte chuva de meteoros interfere em seu complexo sistema de voo. A interferência é tão grande que todos os sistemas de comunicação falham. Você se move pelo espaço olhando pelas portinholas, encantado com o que vê. Mas a nave começa a chacoalhar e o mundo gira numa confusão de formas e cores.

Sua velocidade é tão alta que você deve passar pela chuva em instantes, talvez até rápido o bastante para corrigir os problemas de voo. Em contrapartida, talvez seja perigoso contar com o acaso para sair dessa. Não seria melhor e mais seguro pedir socorro pelo rádio? O rádio a laser provavelmente passará a mensagem.

Se aguardar e torcer para conseguir passar pela chuva de meteoros,
vá para a página 12.

Se decidir enviar uma mensagem de socorro pelo rádio,
vá para a página 14.

Hesitante, você pergunta quais outros tipos de instrução lhe serão passados. Até agora, você aprendeu procedimentos de voo, linguagens de navegação, armas e planejamento. É uma boa ideia conseguir o máximo de informação possível, mas você pergunta ao diretor de pesquisa como você vai saber quando já tiver aprendido o suficiente.

— Autoconhecimento. É tudo que aprendeu agora e no passado. Você tem de perceber. Dedique um tempo agora. Depois vá.

— Tudo bem, farei o que está sugerindo, mas quanto tempo vai demorar?

— Você pode realizar os cursos da Academia Space a bordo, ou pode estudar comigo — diz ele.

Se decidir ir para a Academia Space, vá para a página 15.

Se decidir explorar o conhecimento dentro de si, vá para a página 16.

Você quer seguir seu caminho. Ainda que possa ser uma decisão precipitada, você e seu companheiro, Mermah, entram na cabine. Você insere os números no painel de voo e se lança ao espaço.

— Mermah, confira os estabilizadores. Parece que estamos girando um pouco.

— Ok. Farei isso.

Então, você percebe, pela tela do computador, que seu trajeto de voo está próximo a um buraco negro. O perigo é que, uma vez perto do campo gravitacional do buraco, você não conseguirá escapar. Mermah o ajuda a conferir os dados do sistema de navegação.

Vá para a página 9.

Para seu horror, você percebe que, em vez de inserir os números 4800, na verdade você inseriu 4008, e seu caminho agora está fixado no buraco negro.

Mermah olha para você horrorizado enquanto a nave continua se movendo em direção ao enorme buraco. As pessoas que se perderam em buracos negros nunca mais voltaram.

Se você ativar os motores em potência máxima na esperança de romper o campo gravitacional e pousar no buraco negro, vá para a página 19.

Se quiser acionar os mecanismos de repulsão para tentar escapar, vá para a página 18.

Uma mensagem de socorro enviada no espaço é algo perigoso. Não há como saber quem está ouvindo e observando. Você aguarda com esperança e muito medo. E então você vê. Primeiro é apenas uma luz se movendo de lado na tela. Então, ela entra em foco. Parece uma ameba, mas tem luzes, portinholas e traços desconhecidos. Abruptamente, a nave — ou o que quer que seja aquilo — para perto de você.

No espaço, seres alienígenas não são raros. Você é um alienígena para os seres agitados que estão do lado de fora. O que pensar? Eles são hostis ou são formas de vida que não conhecem nem a hostilidade nem a amizade?

Não há muito tempo. Eles sinalizam para que você se una a eles. Você precisa decidir se vai lutar, na esperança de afastá-los, ou se vai ficar calado e se juntar a eles em paz. Aqui vêm eles. É difícil dizer se é um só ou se são muitos. Parecem todos misturados.

Se decidir partir de livre e espontânea vontade, vá para a página 20.

Se decidir lutar, vá para a página 22.

Seu indicador de energia passou da luz vermelha de energia total para uma luz verde-turquesa, alertando que a energia está a ¼ da potência total. A análise feita pelo computador revela que seus sistemas de suporte deixarão de funcionar em três horas e dezesseis minutos. Não houve resposta a seu pedido de socorro. Pelo radar, você percebe que, mesmo que a ajuda chegue, provavelmente não o alcançará antes que o sistema de suporte pare. Desesperado, você gostaria que houvesse mais alguém na cabine, mas está sozinho.

Você decide usar o restante da energia para seguir uma mensagem de luz isolada que brilha dentro de um buraco negro. Os buracos negros do espaço existem porque a massa da estrela é tão grande que nada escapa a seu campo de gravidade — nenhuma luz, calor ou ondas de rádio. Ainda assim, misteriosamente, uma luz/ilha — fenômeno discutido e relatado por um raro grupo de pilotos intergalácticos — indica claramente que está vindo da região de um buraco negro. Alguns dizem que se trata de uma comunicação telepática — ou Rede T.

Você precisa ir. Percebe que as opções são ir em direção ao buraco negro e à luz/ilha, ou flutuar desamparado à espera de uma nave de resgate que possa surgir ao acaso.

Se escolher a luz/ilha, vá para a página 24.

Se quiser esperar, vá para a página 25.

Por que esperar? Você sente que vai conseguir. Pressiona o botão para avançar, aperta ainda mais o cinto de segurança e as faixas de ombro, e segue adiante. O solavanco é forte.

Há um estalo. A nave é lançada para fora da chuva de meteoros e vai para uma zona de trânsito.

A zona de trânsito é uma estrada espacial reservada para veículos de uso comercial. Uma enorme variedade de naves segue por diferentes estradas de raio laser.

Um veículo de patrulha da zona de trânsito se aproxima e sinaliza para que você o siga. O centro de informação a viajantes na Estação de Patrulha tem alguns possíveis parceiros que podem viajar com você.

— Há uma caravana espacial que pode fazer uma parada em Kenda. As caravanas são como ciganos e param onde sentem vontade de parar. Também há um grupo de artistas de circo espacial. Pode ser que eles se apresentem em Kenda em três *sforzits*.

— O que é *sforzit*?

— Um *sforzit* equivale a nove dias terrestres — respondem eles.

Vá para a página 13.

A caravana espacial pode decidir nunca ir a Kenda. Em contrapartida, a apresentação do circo também não está definida.

Se decidir se juntar aos artistas do circo espacial, vá para a página 23.

Se decidir tentar a sorte com a caravana, vá para a página 26.

Confiar na intuição às vezes funciona, mas esta situação é perigosa demais. Provavelmente vai ser embaraçoso pedir ajuda tão pouco tempo depois de ter partido. Você olha para a palma de suas mãos, estranhamente pálidas, e vê gotas de suor ali. Sem dúvida, você está assustado — e com razão. Quem não ficaria?

— Nave espacial, missão transgalática para o planeta Kenda interrompida por uma chuva de meteoros. O sistema agora está ¾ inoperante. Coordenada Z2380, F9212, X2922. Referência de tempo. Zona externa 2L. Pedido de ajuda imediata. Repito, pedido de ajuda imediata.

Sua voz parece fina e baixa quando ecoa na cabine. Você está completamente só.

Se tentar usar o motor auxiliar de emergência para conseguir potência e seguir adiante na direção de um baixo sinal de rádio, vá para a página 27.

Se quiser usar a força restante para potencializar a transmissão via rádio, vá para a página 28.

A escola pode ser chata, mas também pode ser exatamente o que você precisa para o voo. Essa nave de pesquisa é tão grande e avançada que você não percebeu que havia uma divisão da Academia Space a bordo. Durante a entrevista com o diretor da Academia, ele diz:

— Bem, você escolhe. Pode entrar para a Escola de Comando e se tornar capitão ou pode seguir adiante e concentrar-se em pesquisa. Fizemos um estudo de personalidade, inteligência e saúde, e sua nota foi muito alta. Acreditamos que você pode chegar ao topo em qualquer categoria. O que acha?

Se optar pela Escola de Comando, vá para a página 29.

Se decidir entrar no programa de pesquisa, vá para a página 31.

16

O nome do diretor de pesquisa é Fooz. Ele lhe revela que há uma infinidade de conhecimento armazenada em todos os seres vivos, originada de incontáveis experiências passadas. Parece loucura, mas você não tem como saber. Você tenta imaginar se é mesmo possível se lembrar de experiências de vidas passadas. Há *flashes* de memória guardados em suas células? Quando você sonha com lugares nos quais nunca esteve, com coisas que nunca fez e pessoas que não conhece, seriam experiências de uma vida anterior fervilhando dentro de você e procurando vazão? Talvez os sonhos sejam fatos reais. Fooz diz:

— Lembre-se, meu amigo, a viagem pelo espaço realiza poucas coisas. Terminamos onde começamos. As linhas paralelas se cruzam! O tempo não é real. Tente fazer do passado, o presente.

Você se sente desconfortável com todos esses pensamentos intensos, sobretudo quando ele fala de linhas paralelas se cruzando no espaço. O que o infinito significa, então?

Vá para a próxima página.

— Podemos realizar experiências com o passado. — É Fooz falando outra vez. — O passado não está perdido. Só ganhou uma forma diferente.

Você passa dias se lembrando de experiências anteriores. É como se fosse uma enorme máquina de sonhos.

— Você está indo bem. Quer tentar?

— Como assim? — você pergunta.

— Você pode viajar no passado, 125 milhões de anos terrestres atrás, na era dos dinossauros, e vagar por lá, ou simplesmente pode experimentar entrar em um passado desconhecido... O que você prefere?

Se decidir voltar 125 milhões de anos no tempo, até a era dos dinossauros, vá para a página 30.

Se estiver disposto a voltar para um passado desconhecido, vá para a página 33.

— Não desista! Tente tudo que for possível! Depressa! Use os escudos de repulsão de energia.

É Mermah quem está falando. Ele é dois anos mais velho e já viajou muito no espaço.

— O que você acha que vai acontecer conosco, Mermah?

— Não dá para saber — responde ele.

Com um tremor, a nave é tomada pelo campo gravitacional e você entra em um vazio parecido com um túnel. Um buraco negro pode parecer preto para quem observa de fora, porque a luz não escapa de seu campo gravitacional, mas toda a luz e energia estão dentro desse espaço. O túnel é muito iluminado, mas, estranhamente, a intensa luz não incomoda seus olhos.

De repente, você entra em uma enorme sala. Não, não é uma sala; na verdade, é o interior do buraco negro. Trata-se de um prisma gigantesco, com milhares de quilômetros de extensão: há um mundo dentro dele. Você não sente mais medo, e vocês saem da nave para começar a vida em um novo mundo.

Esse novo mundo é pacífico, e as pessoas são simpáticas e dispostas a receber você e Mermah. Ninguém está com pressa, e trabalhar é agradável. Há alimentos e abrigo para todos. É um bom mundo.

FIM

19

Ninguém nunca mais recebe notícias suas.

FIM

20

Você não sabe o que essas criaturas são, e percebe que as suas armas de defesa podem não funcionar. Parece sensato recebê-las de modo simpático e sem armas. De repente, elas aparecem dentro de sua nave. Você já ouviu falar sobre energia pura que passa pela matéria sólida e em seguida volta a ser o que era originalmente. Chamam isso de desmaterialização. Mas você é pego de surpresa.

Parte do equipamento da nave é um mecanismo de tradução de idioma/pensamento feito para que o contato entre as diferentes formas de vida seja o mais simples possível. Esse alienígena certamente é muito diferente de você. Em um instante, parece haver centenas de criaturas estranhas ao seu redor e, depois, apenas uma.

Vá para a próxima página.

O botão do equipamento está próximo de sua mão! Você o pressiona imediatamente, anunciando:

— Bem-vindos à minha nave espacial. Estou em uma missão rumo ao meu planeta. Venho em paz.

Os alienígenas não respondem. Não fazem barulho, e de repente se transformam em uma grande massa, pegajosa e parecida com gelatina, que cerca e prende você. Você tenta se libertar, mas não consegue.

Um som surge da meleca. É uma combinação de bipes eletrônicos e pios parecidos com os de pássaros. Isso não o deixa mais calmo. Você sente uma leveza que nunca sentiu antes, e em poucos segundos você se desmaterializou e foi transportado para a espaçonave sem forma que continha os captores.

Ao testar a substância de que a nave deles é feita, você acredita que pode rompê-la e escapar. A nave das criaturas envolve totalmente a sua. Você só precisa descobrir onde está a entrada da sua nave e pegar as armas que deixou ali dentro. É uma chance pequena, mas ela existe.

Se tentar escapar, vá para a página 36.

Se quiser seguir adiante sem oferecer resistência, vá para a página 34.

22

As criaturas seguem em direção à sua nave. De repente, surgem mais delas do que você consegue contar, em diferentes formas e tamanhos. Elas invadem sua nave e parecem derreter em cima do painel de controle. Os sistemas de comunicação e voo parecem não estar funcionando. Não há escolha. Você precisa lutar pela sua vida.

Você estica o braço para segurar o controle de emergência. Quando faz isso, as criaturas ao redor se fundem em uma enorme e agitada forma. Com muita dificuldade, você escapa da massa grudenta que o prende. Você tem uma pistola de choque a laser nas mãos. Aperta o botão de acionamento e mira no meio da massa inquieta. Observa enquanto ela se remexe, ganha cores fortes, arde, estremece e então se regenera. Você continua atirando.

Sons nunca antes ouvidos por seres humanos enchem a cabine. Não é música, mas ainda assim tem tom e certa beleza. Quanto mais você atira, mais alto ele fica. Sem que você perceba, os raios laser acertam o painel de instrumentos, destruindo a maior parte dele.

Você continua atirando. A massa murcha e desaparece. Silêncio. Você venceu.

Mas que vitória amarga... Então, você percebe que a nave está destruída. Você flutua no espaço na esperança de ser resgatado.

Para ter mais uma chance, esqueça Kenda.
Tente Croyd. Volte para a página 4.

23

Você rapidamente se decide. Um circo espacial parece maluquice, mas a ideia de vagar pelas galáxias à procura de seu planeta também é. Você encontra o líder deles, Zogg, que pode ser descrito apenas como um cara de aparência normal, como um terráqueo, com barba ruiva, sorriso amplo e corpo de gigante; além de ter um riso e uma simpatia que fazem você se sentir à vontade.

— Bem-vindo! Precisamos de uma novidade. Bem-vindo ao maior show do universo.

— Mas o que eu posso fazer?

— Não se preocupe, meu amigo. Encontraremos uma ocupação para você. Isso não é problema!

Então, você se une ao grupo de criaturas. Algumas delas se parecem com terráqueos, outras são bem diferentes. A tropa de naves esquisitas navega pelo espaço, parando em algum planeta ou numa estação espacial conveniente, ou simplesmente se deixando levar pelo vácuo.

Sua tarefa especial é ser o treinador de partículas de alta energia, fazendo com que aprendam alguns truques. Você gosta de partículas. E elas também parecem gostar de você.

Você nunca vai a Kenda, mas não se importa mais com isso.

FIM

Usando todos os recursos de energia restantes, você impulsiona a nave rumo ao buraco negro. Quanto mais se aproxima, mais coisas estranhas acontecem. Primeiro, todos os leitores digitais no painel de comando voltam para o zero. Seu cabelo está arrepiado e duro como uma vassoura piaçaba. Toda a luz que emana de seus sistemas flui numa corrente e segue em direção ao buraco negro. Você sente todo o seu sangue descer para as mãos e os pés, e é acometido por uma forte tontura.

De uma das portinholas, você vê uma massa pulsante, parecida com veludo, maior que o céu — pelo menos é assim que parece.

Surge um grito agudo, perfurante:

— Volte antes que seja tarde. Volte agora.

Você não faz a menor ideia de onde vem esse alerta. Talvez ainda possa voltar. Talvez não seja tarde demais. Talvez exista uma reserva de energia suficiente para escapar do campo gravitacional do buraco negro.

O alerta não se repete e você hesita sobre o que fazer em seguida.

Se continuar em frente, vá para a página 37.

Se tentar mudar de direção, vá para a página 39.

25

Você não esperava encontrar buracos negros na viagem a Kenda. Você não teve nenhuma preparação para esse tipo de problema. Sim, você é inteligente e criativo, mas o problema diante de você é grande demais. Você não pode correr o risco de se aproximar do buraco negro.

Você vagueia pelo espaço preso a uma órbita além do alcance do buraco negro. Ao observar seus instrumentos, totalmente sozinho e desesperado, você percebe que o tempo parou. Todos os outros equipamentos funcionam, mas o tempo não é registrado. Você checa tudo, o relógio parece normal. E então você se dá conta.

O tempo não mais existe nesse vácuo. Nem o espaço. Nem você.

FIM

Uma caravana espacial! O que poderia ser mais empolgante do que vagar pelo universo, indo aonde o acaso levar? É marcada uma reunião com o líder da caravana, uma bela noomaniana — bonita pelo menos pelos padrões noomanianos. Você se comunica com ela usando o Programa de Tradução.

O nome dela é Eus, e ela lhe explica que seu grupo coleta iguarias e objetos exóticos. Eles nunca sabem para onde estão indo. Fazem uma parada por vez. Por exemplo, Eus informa que eles estão a caminho do planeta Terra com um carregamento de poeira de buraco negro. Os terráqueos acreditam se tratar de uma poção mágica que pode lhes dar a juventude eterna. Ela ri disso:

— Terráqueos tolos, sempre querem o que não podem ter e o que não tem muita importância. — Então, ela continua: — Venha, não podemos esperar.

Vocês partem. Quando chegam à Terra, ficam fascinados pela estranha civilização, por seus prédios altos e pelas pessoas que se parecem com você, mas agem como se estivessem com medo. Há ductos escuros e lotados, grandes tempestades de vento, enormes nuvens escuras e amplas áreas desérticas.

Se quiser permanecer na Terra, vá para a página 40.

Se decidir partir, vá para a página 41.

Que sorte! De repente, você é sugado por um feixe de atração que o leva para o receptáculo de uma enorme estação de pesquisa móvel: RS-3, UGB. Ela é governada pelo Corpo de Comando do Universo, e você é bem recebido por todos a bordo. Eles consertam sua espaçonave imediatamente. Um deles diz:

— Estamos seguindo para o planeta Axle. É uma missão de clemência. Axle foi infectado por uma doença desconhecida para a qual os axlianos não têm a cura. Talvez você não devesse se arriscar vindo conosco. Você decide.

A estação de pesquisa pode ficar infectada, mas é um risco que os médicos e cientistas a bordo estão dispostos a correr. Que dilema! Fora do radar e dentro do feixe do laser.

Se decidir ir ao planeta Axle com eles, vá para a página 42.

Se decidir continuar a viagem a Kenda, vá para a página 43.

28

Seus pedidos de ajuda interferem em um campo de força hostil, que amplifica seu sinal e o devolve. A nave espacial toda é tomada por uma onda de choque dessa energia ampliada e acaba explodindo.

FIM

29

Ser piloto comandante de uma missão espacial parece importante para você. Você se matricula na Academia. Mermah decide se matricular também. Você não pensa mais em ir para Kenda ou Croyd, pois os estudos despertam cada vez mais seu interesse. O tempo passa e você alcança uma alta posição na Academia. Seus pais ficam orgulhosos de você e, depois da formatura, você e Mermah são designados para uma nova e radicalmente diferente espaçonave feita para realizar experiências em regiões remotas e inexploradas do espaço intergaláctico. Há indícios de que você pode até explorar o Buraco de Minhoca no contínuo espaço-tempo.

Depois de se despedirem de seus amigos e familiares, você e Mermah entram no novo veículo para uma expedição de doze anos em territórios desconhecidos.

FIM

Você se lembra de ter estudado os DVDs da evolução dos seres vivos em doze planetas. A Terra era um desses planetas, e a era dos dinossauros sempre o fascinou. O período Cretáceo, no qual viveu o tiranossauro rex, foi difícil, mas fascinante. De repente, você está ali, num mundo sem nenhuma criatura humana. Você fica chocado ao ver que se tornou um velociraptor, muito pequeno em comparação ao tiranossauro e uma possível presa de seu apetite voraz.

Escondendo-se atrás de uma densa vegetação, você tem medo e fome, mas não ousa se mexer. Qualquer movimento nesse mundo pode acabar em uma morte repentina e violenta. Você ouve o barulho de algo se deslocando e um pequeno protocerátopo passa por ali, dizendo:

— Tudo certo agora. O tiranossauro e aquele terrível tarbossauro foram brigar entre eles. Talvez a gente tenha uma folga.

Você cuidadosamente espia por entre os arbustos e plantas e então se afasta de seu abrigo. Consegue ver claramente o tiranossauro e o tarbossauro numa disputa sangrenta. Você fica horrorizado ao ver que, com os dentes afiados e membros fortes, eles atacam um ao outro. Há um terrível urro de dor e um barulho alto quando o rex, com uma mordida, consegue arrancar a cabeça do inimigo.

Vá para a página 32.

Sobre o que é a "pesquisa"? Você não ouviu nada além de "pesquisa, pesquisa e mais pesquisa" de todos na estação espacial. Parece que é apenas outro nome para mexer com coisas de seu interesse. Você vai tentar.

— O assunto de nossa pesquisa é a causa das confusões violentas, especificamente as revoltas, que ocorrem em todos os planetas. As guerras e revoluções têm causado dor, mas também trazem coisas boas. O que queremos descobrir é se os benefícios podem ser alcançados sem a dor e o horror das revoltas — diz o coordenador da pesquisa ao seleto grupo de seis pessoas. — Vocês foram escolhidos por sua aptidão para encontrar soluções para questões complicadas.

Isso está começando a realmente lhe interessar. A intenção de viajar para Kenda e Croyd parece estar desaparecendo em sua mente. Mermah escolheu ficar com você. Ele é um bom companheiro.

Depois de um intenso trabalho, a equipe de pesquisa decide se dividir em dois grupos. O grupo A vai para o planeta Cynthia para observar uma revolta atual. O grupo B se unirá a uma missão que vai explorar uma revolta em Marte, a qual aconteceu há 62 milhões de anos — um equipamento de viagem no tempo será usado para isso.

Se optar pelo grupo A, vá para a página 44.

Se escolher o grupo B, vá para a página 47.

Então, o animal volta sua atenção para a região ao redor e avista você. Louco pela sede de sangue, ele dispara na sua direção.

É melhor você fugir enquanto pode. Você começa a apertar desesperadamente alguns botões no dispositivo de viagem no tempo que leva preso à garra.

Se pressionar o botão "apagar", vá para a página 45.

Se apertar o botão "viajar no tempo", vá para a página 48.

33

Arriscar-se no desconhecido é provavelmente muito perigoso, mas a maioria das pessoas gosta de correr grandes riscos. Você volta no tempo em direção ao limite da eternidade, a origem de todo o universo. Atinge uma liberdade elástica e uma sensação de paz e calma completa. Não há som nem luz. Mas também não há escuridão. Você volta para o começo de tudo, para o início empolgante e pulsante. Retorna para o Big Bang que deu origem a tudo. Você é, e tem sido, parte de tudo... sempre. O começo é o fim.

FIM

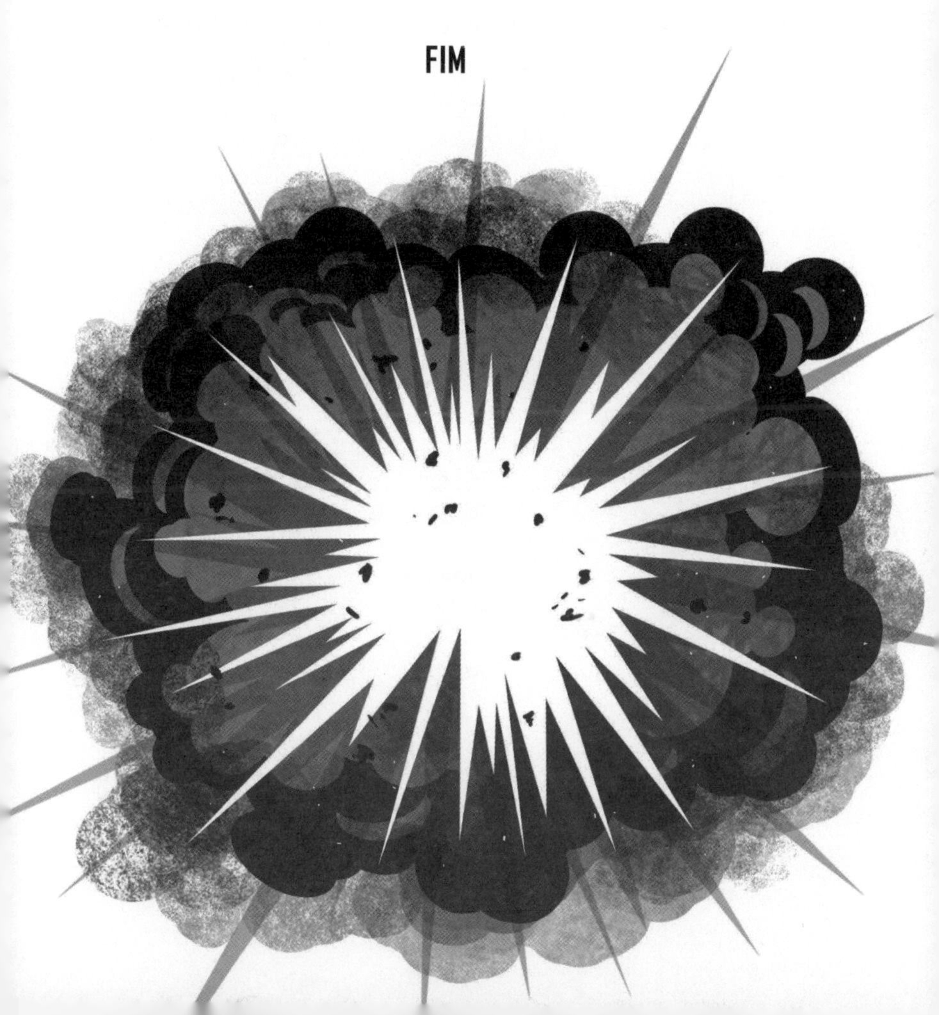

34

Você age da maneira mais natural possível para ajudá-los a entender que você não é hostil. Essas criaturas de origem desconhecida parecem compreender a linguagem corporal da amizade. Elas se juntam novamente e formam uma massa sólida, interrogando você com uma voz alta e metálica. Isso faz você se lembrar de velhas fitas encontradas no museu espacial sobre uma antiga civilização vinda de um planeta sem nome. Trata-se do mesmo som tilintante. Eles dizem o seguinte:

— Somos meio objeto, meio organismo. De onde viemos, a linha entre os seres vivos e não vivos não é definida.

Vá para a próxima página.

— Precisamos de uma criatura como você para nos ajudar em nossa busca intergaláctica por um novo planeta. Nosso planeta corre sério risco de sofrer reorganização molecular. Tememos que ele logo se desintegre. Nossa incapacidade de nos manter em uma única forma, objeto ou organismo, torna necessário que nos unamos a uma criatura totalmente viva. Você tem de escolher. Ajude-nos em nossa busca ou fique preso nesta galáxia.

Se decidir se unir a eles na busca por socorro, vá para a página 51.

Se você se recusar a ir com eles, vá para a página 53.

Rápido! Não há tempo a perder. Ligue o computador com scanner de mente e insira os padrões de pensamento deles. O computador emite sons parecidos com gemidos — é uma tarefa muito complicada ler as mentes dessas criaturas esquisitas.

E então funciona. O scanner pisca: "Leitor pronto para comunicação".

— Fonte principal de energia localizada no tridente inferior, rede sequencial, fator negativo 3, eliminar E34, B13, otimizar entrada de parâmetro e prosseguir com alternativas viáveis.

Pode parecer um papo maluco de pessoas da Terra, mas você compreende, percebendo que, se quiser, pode deixar as criaturas impotentes e até mesmo destruí-las.

— Ouçam o que vou dizer. Vocês têm apenas uma chance. Interrompam esse ataque ou vou desativá-los. Isso é apenas uma amostra. — Por um instante, você libera a sequência programada para a desativação. Em um microssegundo, as criaturas começam a tremer. Mas elas são duronas.

Se você acha que elas irão ignorar sua ameaça, vá para a página 50.

Se negociarem, vá para a página 49.

A luz/ilha aparece como um refúgio para você, e sua nave pousa delicadamente naquele brilho de luz morno. Você sai da nave e é recebido por um grupo de seis criaturas que mudam de idade e de características, se transformando de bebês a idosos. Isso está além da sua compreensão. É assustador. É como ver o passado se tornar o presente e o presente se tornar o futuro. É um caleidoscópio da vida, repetindo sem parar o ciclo de nascimento e morte.

Você percebe que está começando a acontecer com você também. Olha para baixo, para suas mãos, e elas estão pequenas e rosadas — mãos de bebê. Diante de seus olhos, elas crescem e mudam de cor e textura. Uma onda de tempo e experiência o envolve. Não é desagradável, mas você não consegue controlar. Então, fica horrorizado ao ver a pele enrugada e as manchas escuras da idade surgindo em suas mãos.

Vá para a próxima página.

— Não tenha tanto medo — diz uma das criaturas à sua frente. — Todos ficamos chocados no começo, mas com o tempo isso passa.

— Como assim, "com o tempo isso passa"?! — você grita.

Eles riem, mas não com maldade, e você se acalma.

— Veja. Você precisa aceitar o fato de que agora pertence ao passado ou ao futuro. O presente não existe de verdade. Por que não escolhe em qual gostaria de passar o tempo? Bem, como dissemos, na realidade não existe tempo. Mas não se preocupe. Passado ou futuro, depende de você.

Se quiser se arriscar indo para o futuro, vá para a página 52.

Se quiser o conforto do passado, vá para a página 54.

Pressionando sem parar os botões para reverter o motor e aumentar a potência, você sente a nave perder totalmente o controle. Um período de calma, rapidamente seguido por mais tremores, surpreende você.

Agora você está acordado, muito acordado. Olha para o painel de controle para checar o gráfico e o computador de navegação. Você percebe que está a caminho de Kenda, e que está tudo bem — você apenas havia entrado em um período de sono programado, o qual produziu os sonhos de nebulosa, luz/ilhas e buracos negros.

Você segue rumo a Kenda.

FIM

40

A Terra é fascinante. Você já ouviu muitos relatos sobre sua história — uma história de violência, ganância, grande destruição, e de ódios que se espalham há anos e até por gerações. Ela é descrita como um dos mundos mais hostis, e apenas aventureiros de verdade se arriscam passando tempo demais ali. Então, existem também aqueles terráqueos que, apesar de toda a violência, criaram grandes sociedades, beneficiando todos os habitantes do planeta. É, com certeza, uma situação confusa. Talvez você devesse ficar.

Então, você se transfere para os sistemas de vida da Terra programando seu biocomputador para se adaptar à atmosfera, aos idiomas e à ingestão de alimentos terrestres.

Você encontra terráqueos receptivos e simpáticos, mas reconhece um ar de desconfiança entre eles.

Se decidiu ficar, vá para a página 55.

Se quiser partir, vá para a página 57.

Quando vocês aterrissam no planeta Terra, o piloto da segunda maior espaçonave começa a brigar com você. Ele diz:

— Escute, você não pertence à nossa equipe. Não o queremos por perto. Ou você fica aqui, ou vou vaporizar você.

Ele aponta uma arma a laser. Você não tem ideia de por que ele está tão bravo, mas não faz sentido correr riscos. Você vai permanecer na Terra por um tempo e deixá-los partir. Em algum momento, você terá de se retirar novamente. Talvez siga um caminho diferente dessa vez. Talvez sua nova rota o leve mais para perto de Croyd.

Vá para a página 4.

42

A RS-3, UGB entra na atmosfera de Axle. Os cientistas ansiosamente analisam o equipamento que monitora as condições atmosféricas, a existência de micro-organismos e as relações de energia. Tudo parece normal. A nave sobrevoa a maior cidade, Nal. Uma comitiva de aterrissagem é formada. Você não é chamado para participar, mas está fascinado com o que está acontecendo lá embaixo. Os monitores 3D revelam uma cidade silenciosa. Poucos seres vivos são vistos, e os encontrados parecem fracos e impotentes.

A comitiva de aterrissagem informa pelo rádio que uma estranha febre tomou Axle, afetando praticamente todos os seus habitantes. Eles estão fracos demais para cuidarem de si mesmos.

A comitiva também notifica que três de seus integrantes exibem sintomas parecidos aos dos axlianos. Eles se retiram para elaborar novos planos. Avisam também que alguns seres de outros planetas são imunes, ao passo que outros não. Acreditam que apenas os imunes deveriam trabalhar no planeta para ajudar a combater a doença.

Se você acredita ser imune, vá para a página 56.

Se não acredita nisso, vá para a página 60.

Você avalia os riscos de viajar para um planeta infestado por uma doença desconhecida. Decide que não está preparado para lidar com os problemas.

— Sinto muito, comandante. Não quero ir. Não posso correr o risco de ser infectado e espalhar essa doença para outros planetas.

— Entendo sua relutância em nos acompanhar, e o parabenizo pela coragem em admitir seu medo e preocupação. Faremos o que pudermos para ajudá-lo em sua jornada. Boa sorte. Gleeb Fogo (cumprimento universal da amizade).

Agora sua nave foi reparada e está pronta para a viagem. Você é lançado para longe da estação de pesquisa e volta para o buraco negro, girando, girando para dentro do conforto da energia, da atemporalidade e do espaço sem fim.

Vá para a página 61.

44

Nuvens serpenteantes, carregadas com uma mistura muito mais pesada do que a água, cobrem o planeta Cynthia. Sua espaçonave penetra nessas nuvens e se lança em uma paisagem de vegetação densa. Nenhuma cidade é visível conforme a espaçonave sobrevoa a paisagem vazia. Onde estão as pessoas? Onde está a revolta?

Você aterrissa com o grupo de pesquisa e encontra uma atmosfera quase aceitável para seu biossistema.

Vá para a página 46.

Você foge a tempo de escapar do animal. Mas o botão "apagar" que você pressionou não leva a lugar nenhum, nem a tempo nenhum. Você envia uma mensagem de rádio pedindo ajuda e direção.

De repente, está de volta à nave, em direção a Kenda. Ah, não, está começando tudo de novo! Você não pode suportar isso.

Vá para a página 3.

Você só precisa de um pouco de ajuda do kit de sobrevivência. Mermah acompanha você.

— Você viu aquilo?

— O quê? O que você viu?

— Só uma sombra. Uma sombra se movendo depressa, como se estivesse atrás de nós.

Então, um estrondo parecido com o de uma buzina faz vocês pararem de repente. Vocês estão cercados por formas brilhantes, criaturas vivas que se misturam e giram como sombras. Você não sabe dizer o que elas são.

— Paz ou guerra? Você! Você é o líder ou apenas um seguidor? — falam as pessoas-sombra.

— Paz, claro. No nosso mundo, não acreditamos em guerra.

— Todos dizem isso, mas as guerras se espalham por todo o universo.

— O que seu povo está fazendo? Por que pediram ajuda?

— Estamos combatendo as forças da luz, nossos inimigos. Somos as sombras.

Você não sabe se deve acreditar neles ou não, mas não tem escolha. Precisa ir com eles. Os seres levam você à sede. Ali explicam como as forças da luz tentaram afastar as pessoas-sombra criando um mundo sem sombras, onde a luz surge de todas as direções. As pessoas-luz não permitem a mistura de luz e escuridão que colore a vida.

Se você e Mermah se unirem às forças que lutarão em terra,
vá para a página 62.

Se decidir seguir a tripulação que vai lutar com foguetes,
vá para a página 63.

47

Viajar no tempo é assustador. Voltar no tempo é como andar de montanha-russa de costas, mas mais depressa. Você pode observar o universo através de sua portinhola particular. Vê as estrelas nascerem e morrerem, vê planetas girarem no espaço, cometas indo e vindo, supernovas explodindo e, durante todo esse tempo, você nem ao menos está ali. Você é apenas uma energia pura em contagem regressiva até parar em Marte, um planeta de Sol pequeno na Via Láctea — do qual ninguém ouviu falar e que fica em uma galáxia insignificante.

Quando chega a Marte, você está invisível e viaja pelo espaço, pela matéria sólida e até pelos pensamentos das pessoas.

Qual é a causa da revolta ali? Quem pode dizer? Ganância? Fome? Inveja? Ciúmes? Talvez apenas uma necessidade instintiva de batalhar, um desejo básico de desafiar e lutar pelo simples prazer de combater. É complexo demais. Cada um tem uma resposta diferente.

Todos colocam a culpa em outra pessoa. Você só sabe que as criaturas foram mortas, cidades foram destruídas. Que maneira de viver! É por isso que existe uma nova forma — se é que vai funcionar. Você faz parte desse novo modo de viver, um modo de compartilhar.

FIM

48

Os botões de seu dispositivo de viagem no tempo o impulsionam pelo tempo para o leste da África, uma parte agora chamada de Garganta de Olduvai, no Grande Vale do Rift. Mas, quando você chega, percebe que não é uma garganta ou desfiladeiro, mas sim um planalto. São quatro milhões de anos no passado, no tempo terrestre. É o nascer da humanidade, e as primeiras espécies humanas estão desenvolvendo seus padrões de vida. Eles vivem como caçadores e acumuladores. Descobriram ferramentas e começaram a usar objetos como gravetos e ossos de animais como armas. É o início da civilização. Por que não dar uma volta e ver o que acontece? Talvez você possa mudar tudo isso.

FIM

Elas estão impressionadas com a sua demonstração. Ao se reunirem numa massa, murmuram e balbuciam por vários instantes. Uma parte dessa massa se separa, assume uma forma muito parecida com a humana e anuncia com voz aguda e musical:

— Reconhecemos que você tem o poder de nos destruir. Mas decidimos confiar em você. Se fosse hostil, já teria nos destruído sem pensar duas vezes. Acreditamos que você seja do bem.

Você ouve um murmúrio de aprovação. O discurso continua.

— Estamos em uma missão de nosso planeta. Precisamos desesperadamente do plasma especial que fornece a energia para nossos geradores de pensamento. Sem esse plasma, que não está mais disponível em nosso lar, estaremos acabados. Nós nos tornaremos apenas grandes bolhas confusas, sem direção. Precisamos da orientação do pensamento. Sabemos que o plasma está disponível em dois planetas. Um deles tem o nome de Kenda.

Você leva um baita susto.

— Ótimo! — diz você. — Vamos.

Tudo parece parar. Um estranho som permeia o espaço. Não é alto nem baixo, mas é óbvio que vem totalmente de fora de todos vocês.

Se você acha que o som é amigável, vá para a página 66.

Se acha que não é, vá para a página 67.

Ignorar você é o maior erro que elas poderiam cometer. As criaturas acharam que você estava blefando, mas é claro que não estava. Não mentiria com a sua vida em jogo!

Você programa os códigos adequados e observa essas hostis e estranhas criaturas desaparecerem em microssegundos. Você sente uma sublime satisfação, um poder supremo; e então, percebe que tem algo acontecendo com você.

Se continuar destruindo as criaturas hostis, vá para a página 64.

Se quiser apenas neutralizá-las e assumir o comando, vá para a página 65.

Parte da equipe deles está pesquisando sobre o plasma de energia vital necessário para ajudá-los a pensar. Mas o grupo principal está em uma missão para reunir amostras de outras formas de vida vindas de uma série de planetas. Eles esperam conseguir informação suficiente dos vários tipos de vida diferentes para ajudá-los a desenvolver sua transformação de objetos em organismos. Eles afirmam que essa "pesquisa" será de grande ajuda para todos os seres no universo intergaláctico.

Você percebe que é um desses seres coletados, e isso o assusta. Eles propõem que você se junte a eles nessa missão. Como a forma deles é repulsiva, precisam de alguém como você para liderar os grupos avançados de exploração nessa coleta de seres vivos. Você será a isca! Você não gosta da ideia, mas eles prometem que você não vai sofrer mal algum, tampouco as outras formas de vida. Depois de realizados os estudos e avaliações, elas serão levadas de volta para casa. O que você tem a perder? Poderia acompanhá-los. Pode ser interessante.

Eles lhe dão duas missões. A primeira é viajar para um planeta povoado por criaturas parecidas com terráqueos; a segunda é penetrar numa estrela pequena à procura de vida-objeto.

Se escolher a missão para o planeta parecido com a Terra,
vá para a página 68.

Se está instigado pelos riscos de investigar uma pequena estrela,
vá para a página 71.

52

Futuro! Ao longo de todo o tempo (se é que existe mesmo algo como o tempo), as criaturas têm desejado prever o futuro. Às vezes, consultam deuses e deusas. Às vezes, abrem animais à procura da verdade. Às vezes, entram em transe; mas, na maior parte das vezes, simplesmente torcem para que a sorte os ajude a dizer o que o futuro trará. Nada disso parece realmente funcionar. Agora, você pode viajar para o futuro.

— Venha por aqui, você deve estar preparado para essa viagem futurística. — Eles o conduzem por uma longa rampa cercada por luzes e imagens de todos os lados.

— Agora, fique quieto, mantenha a calma e aproveite!

De repente, você salta para o futuro.

Se você acredita no futuro, vá para a página 73.

Se duvida do que está ocorrendo, vá para a página 74.

Não, você não quer ficar com esses malucos. Vá em frente, se afaste. Você prefere ficar sozinho. Mas, ao soltarem você, eles vociferam:

— Que você seja amaldiçoado! Você tem pouca fé e pouca consideração pelos outros!

Maldições são perigosas e cruéis. Como você pode se livrar disso?

Se quiser vingança para destruir a causa da maldição, vá para a página 70.

Se não prestar atenção às palavras deles, vá para a página 72.

54

Você acredita que voltar ao passado é a coisa mais segura e provavelmente a mais interessante a se fazer. Mas o que o passado significa? Cinco minutos atrás, um ano, trezentos anos, dois milhões? É genérico demais. Você precisa escolher um momento específico ou, se não quiser um momento, escolha uma época.

Se escolher ver o universo dois bilhões de anos atrás, vá para a página 75.

Se quiser ver o passado de cem anos atrás, vá para a página 76.

Que planeta interessante. Há muitos povos, idiomas e costumes diferentes. Você pode viajar e aprender muito sobre esse pequeno planeta. Sim, há alguns problemas sérios, como a poluição, as guerras e a crise de energia. Mas você acredita que o progresso está sendo alcançado. O grande grupo político chamado Nações Unidas está tentando resolver alguns desses problemas. As pessoas estão cansadas das guerras. Sim, você decide que a Terra é um lugar onde vale a pena ficar. Talvez possa ajudar a torná-la um lugar melhor para viver.

FIM

Você está imune a essa doença desconhecida em Axle. Os médicos e cientistas confirmam que sua composição bioquímica não será afetada pela febre. Então você desce em um pequeno transportador com outros três membros imunes da tripulação.

— Estranho, não?

— Sim, parece que a cidade toda está quase morta. Veja aquele cara ali. Ele mal consegue andar.

— Como eu disse, é bem estranho.

— Mas tem de haver uma causa para isso. Afinal, está afetando todos os habitantes.

Sua equipe entrevista muitas das pessoas doentes que encontra. Todas contam a mesma história, um surto da doença. Em questão de dias, toda a população foi afetada. Eles não notaram nenhuma grande mudança antes do início da doença. A única coisa diferente foi uma visita de representantes de outro planeta, que procuravam alguns políticos desaparecidos. Depois disso mais nada, só a doença.

Vá para a página 58.

Os videodiscos telepáticos da espaçonave haviam mostrado os problemas da Terra: gente demais, comida de menos, crimes e poluição excessivos. Agora que você está na Terra, percebe que esses problemas são reais. E isso o assusta.

Como começar a resolvê-los? O que pode ser feito? É tarde demais, você não pode sair do planeta. Um forte tremor chacoalha o chão. Terremotos e maremotos destroem cidades. A causa é desconhecida, mas as pessoas suspeitam que explosões nucleares sejam o motivo.

FIM

Você pergunta a eles sobre esses representantes de outro planeta, mas as respostas são vagas e imprecisas. Eles não conseguem se lembrar do nome do planeta. Não conseguem se lembrar dos números de série da espaçonave. Não ajudam muito. Talvez esses representantes fossem hostis e tivessem um plano para Axle.

Você entrevista outras pessoas, e elas mencionam que um pequeno grupo de cientistas alertou que, em pouco tempo, a poluição no planeta causaria transtornos com os quais teriam dificuldade de lidar. Essas pessoas também são pouco claras ou precisas.

Se decidir sair em busca dos representantes, vá para a página 77.

Se for procurar as fontes da poluição, vá para a página 79.

Então você se une a eles. Mas se sente forçado a entrar em um conflito que aparentemente não tem motivo. Eles não sabem explicar por que estão brigando. Receberam essa ordem, por isso brigam. Não faz sentido.

As outras naves criaram uma formação defensiva e enviaram um chamado via rádio pedindo trégua. Você se oferece para ser o negociador. Há uma conversa sussurrada entre os capitães da nave, e então eles dizem:

— Diga-nos por que devemos negociar.

— Para que brigar? Todos vocês serão mortos. Ninguém vai vencer.

— Vamos conversar sobre isso. — É Lodzot, o comandante.

Se permanecer como negociador, vá para a página 83.

Se tentar fugir, vá para a página 82.

Você é acometido por uma estranha febre. Um a um, os outros membros da tripulação também adoecem. Até aqueles que supostamente eram imunes, não são. O comandante da espaçonave enlouquece com a febre. Ele tenta fugir para outro planeta.

— Temos que escapar. Temos que ir para outro lugar — grita ele, enquanto a nave se afasta de Axle. Mas vocês podem acabar levando a febre para onde forem.

Depois de vagarem sem rumo por semanas, o Corpo de Comando do Universo envia naves de busca para prender vocês. Se for pego, você pode ficar preso ou isolado pelo resto da sua longa vida.

Se arquitetar um plano para fugir antes de ser capturado,
vá para a página 81.

Se realizar uma pesquisa no computador sobre a causa da doença,
vá para a página 80.

Bam! Você está no meio de um tiroteio de raios laser. Seu scanner óptico revela onze espaçonaves. Quatro delas têm o desenho de Lodzot e seis têm a aparência de Marly. A décima primeira parece ser uma viatura da polícia do Corpo de Comando do Universo.

Bam! Bam! O raio laser acerta a nave do Corpo de Comando do Universo. Ela explode em milhares de partículas luminosas, mas uma das naves de Lodzot se solta para investigar você!

— Pare totalmente! Desative o canhão a laser. Identifique--se. — É o comandante da nave Lodzot.

— Certo, certo, acalmem-se. Sou amigo. — É você quem fala agora.

— A amizade existe de diversas formas. Já ouvimos essas palavras antes. Você vai se unir a nós contra nosso inimigo?

Se não se unir a eles na luta, você vai ser vaporizado e será o...

FIM

MAS

Se decidir se juntar a eles, vá para a página 59.

Mermah o convence a se unir às forças que lutarão em terra contra as pessoas-luz. Você e Mermah são postos no comando de um grupo de catorze batalhões de sombras. A tensão aumenta conforme as pessoas-luz enviam mensagens exigindo a rendição das forças sombrias.

Há uma reunião, e você e Mermah são convidados a participar.

— Devemos atacá-los ou nos retirar? Não podemos nos defender contra eles — pergunta a pessoa que parece ser o líder.

Você e Mermah debatem com as forças sombrias.

Se escolher atacar, vá para a página 84.

Se decidir recuar, vá para a página 85.

63

As forças de foguete parecem mais interessantes e, além disso, você foi treinado como piloto espacial. Forças terrestres seriam difíceis para você. Você é promovido a uma classe de comando e se torna responsável por uma aeronave enorme com grandes armas a laser. A partir de agora, você fica no espaço, localizando e policiando naves desconhecidas.

Mas você se pergunta se essa é a vida que quer levar, destruindo coisas para sempre. Talvez desista.

FIM

64

Whap! Zork! Squarsh! Elas caem no chão da cabine, tremendo na forma de uma massa encharcada. Mas a carga de energia é tão grande que você também se transforma demais e passa a ser energia pura. Talvez você possa começar de novo. Talvez possa voltar a se materializar. Tente.

Se tentar se materializar e ir para Kenda, vá para a página 3.

65

Então, agora você está no comando. Isso é bom? Não? Solitário, talvez? Não? Perturbador? Provavelmente, estar no comando é todas essas coisas juntas. Está em suas mãos. Vá em frente.

Primeiro, você fará uma busca nos bancos de memória dessas criaturas, checará os registros das naves de missões anteriores e reunirá todos os dados para obter uma resposta. É confuso, mas você insiste.

Como um quebra-cabeça tridimensional, os dados formam uma imagem incompleta de um planeta em meio à evolução. Elas começaram como objetos com um início de consciência e estão evoluindo para verdadeiras formas de vida. Em algum momento, as coisas se misturaram e as criaturas meio objeto meio organismo se lançaram no espaço em busca do pensamento. Elas acreditavam que o pensamento resolveria seus problemas.

FIM

O som aumenta de intensidade. Sua frequência também se altera e a energia no som se transforma em luz. A área toda é banhada por belas cores que irradiam calor e força positiva. Há uma sensação forte e agradável, seguida por uma pulsação. Você salta no hiperespaço. *Totalmente maravilhoso,* pensa você. A luz serve como um veículo que conduz você e as outras criaturas em uma viagem rumo a um local desconhecido.

Se tentar se livrar do veículo de luz e voltar para sua nave, vá para a página 72.

Se decidir seguir em frente, vá para a página 92.

De onde está vindo esse som? Uma enorme sombra se espalha sobre você. Todos os sistemas param. Há um zumbido. Ao olhar para cima, você vê uma espaçonave gigante, maior do que qualquer outra coisa que já tenha visto ou da qual tenha conhecimento. Ela brilha com uma luz esverdeada. O zumbido obviamente está vindo dela.

Um raio de transporte pega você e o leva para dentro da nave gigantesca. Estranho, mas parece não haver ninguém nem nada com vida a bordo. Está vazia.

Você é colocado dentro de uma pequena sala por braços mecânicos. Comida, livros, música e fitas estão sobre a mesa. O barulho cessa. Uma voz diz:

— Estávamos à sua procura. Seja bem-vindo à vida a bordo do Craabox. Somos um pequeno mundo. Precisamos de tipos como você para completar nossa sociedade. Aproveite. Nada de mal lhe acontecerá.

Vá para a página 69.

— Estamos nos aproximando do planeta Orgone por uma direção que nos mantém na sombra de sua Lua. Alguns o chamam de Terra. Aterrissaremos em uma área vazia e vamos realizar o recolhimento de espécies.

Quem fala é o "Líder Menor" das criaturas. O Líder Maior recebeu a ordem de voltar à base para realizar negociações muito superiores, complicadas e desconhecidas. Talvez um líder menor seja melhor. De qualquer maneira, você desce e aterrissa em uma área arenosa coberta por pequenos arbustos.

— Não há nada nem ninguém aqui — você relata, já que foi o primeiro a descer da nave.

— Prossiga com o plano de recolhimento — diz o Líder Menor.

Ao entrar em uma pequena cidade, você se surpreende com as formas de vida. Os habitantes são como você, mas todos falam muito depressa. Estão comendo sem parar, colocando discos redondos na boca. Eles ingerem um líquido marrom depois de comer os discos. Há um som estranho que sai de caixas coloridas. É tudo muito estranho. Tudo é feito com muita rapidez. Você se sente desconfortável.

Então, você tem uma ideia:

— Talvez eu possa fugir. Eu me pareço com eles, talvez eu possa me juntar a eles e fugir.

Você entra em uma fila para pegar os discos e o líquido marrom (há também líquido laranja e branco — credo!)

Se continuar com a sua fuga, vá para a página 86.

Se não der continuidade, vá para a página 87.

Os zumbidos recomeçam e você cai em sono profundo.

Quando acorda, a voz diz que você deve ir à sala 99, ou então à 100. Você pergunta o motivo, mas a voz pede apenas que você escolha. Escolher o quê? É como lançar uma moeda no ar — não há escolha. Siga em frente.

Se escolher a sala 99, vá para a página 93.

Se optar pela 100, vá para a página 94.

70

O espaço é enorme e as ideias de vingança desaparecem. Por pura sorte, você cruza com um grupo de outras naves renegadas da Terra, Acrx, X321, Mowon e 0000. A comunicação com elas não é difícil. Não se sabe ao certo se esses renegados são piratas do espaço ou apenas aventureiros itinerantes. Depois de muita conversa explicando o que aconteceu com você, os novos amigos propõem que você escolha uma de duas missões.

Se formar um grupo de batalha com eles e procurar pela nave e as criaturas que lhe causaram problema, vá para a página 88.

Se quiser esquecer o passado e seguir com eles como aventureiros do espaço (entenda como "piratas", se quiser), vá para a página 89.

As estrelas são massas de gases extremamente quentes que emitem energia na forma de partículas atômicas em explosão. A violência de suas contínuas reações nucleares é inacreditável. Por que diabos você embarcaria numa missão para entrar nesse mundo? Mas foi isso que escolheu fazer.

O grupo ao qual você se uniu está animado com a missão. Eles sabem que se conseguirem entrar nesse sol em particular e voltar com amostras de vida-objeto, se tornarão Sioreh (heróis) em sua terra. Qualquer coisa pela fama.

A espaçonave se aproxima de uma ampla órbita ao redor desse sol e então, no momento adequado, com todos os escudos de deflexão do calor, refletores antimatéria e equipamentos de desmaterialização, ela penetra na órbita e se arremessa rumo ao sol. É loucura, e você se dá conta de que é tarde demais para fazer algo a respeito. Você é transformado em partículas básicas de energia.

FIM

72

Fuja o mais rápido que conseguir. Credo! Que grupo! É muito reconfortante estar no comando da sua própria nave de novo. Em um momento de pura alegria por ter escapado das criaturas, você sobrecarregou o controle de velocidade e, com um *vuuuush*, ultrapassou a velocidade máxima permitida.

Você continua acelerando, e sua velocidade parece não ter fim. As coisas começam a ficar embaçadas. O contorno da alavanca de controle se torna indefinido, as luzes parecem brilhar, e você reconhece que não existe barreira entre vocês e o espaço. Você se junta ao vazio estrelado.

FIM

73

Em uma sala enorme e mal iluminada, uma pequena luminária repousa sobre uma mesa. Você sabe que deve ir até ali. Sente um cheiro fraco de sálvia (uma planta encontrada em alguns desertos do planeta Terra). Uma voz o instrui a olhar para um holograma que surge à sua frente. É a história de suas vidas passadas nos últimos seis milhões de anos. Você fica impressionado com o número de vidas que já teve. Você passou por sucessos e fracassos, muitas vezes. Já foi feliz e triste. Apenas duas vezes em todo esse tempo você se sentiu entediado.

— Ei, espere um pouco, pensei que iria para o futuro. Foi com isso que concordei, pessoal. Vamos. Acordo é acordo.

— O passado também é o futuro. Você tem muito a aprender. Veja o que já aprendeu. Então, o futuro se revelará.

FIM

74

Isso é apenas falação. Você já ouviu essa história antes. Não pode perder tempo.

Talvez você consiga encontrar um caminho de volta e escapar dessa loucura. Passado e futuro são a mesma coisa... Até parece!

Mas você não tem como fugir... pelo menos é o que parece.

FIM

75

Dois bilhões de anos atrás. Você não consegue nem pensar nesse número. O que é isso? Então, você está lá. Nuvens de partículas ocupam o vácuo. Estrelas aparecem, planetas surgem; a escuridão é deixada de lado pela luz de milhões de estrelas. Você vagueia numa névoa de luz e pequenas partículas. É lindo.

FIM

Certo, se você vai ver apenas os últimos cem anos, onde quer vê-los? Na Terra? Que escolha curiosa. Por que não em outro lugar? Você só quer ver a Terra. Só depende de você, então vamos lá.

O que aconteceu na Terra nos últimos cem anos: um aumento populacional explosivo e cidades superlotadas, progressos no transporte, de cavalos a espaçonaves; desenvolvimento de membros artificiais e operações cardíacas, comunicação telepática, computadores implantados na ponta dos dedos, previsões do futuro que realmente funcionam, fazendas enormes controladas por máquinas, petróleo encontrado e usado até o fim, energia do sol aproveitada, riqueza, grande pobreza, rápidas mudanças. Onde tudo isso vai acabar?

Se quiser ver o futuro, vá para a página 101.

Se quiser ir a outro lugar, vá para a página 102.

É possível que alienígenas hostis tenham infectado Axle por algum motivo. Sua equipe retorna e recebe uma missão de busca para encontrar os representantes e descobrir o que andaram fazendo.

Só há uma pista. É uma transmissão de rádio, gravada em sua nave de pesquisa quando Axle pediu ajuda. A mensagem não é clara, mas dá coordenadas espaciais que incluem o planeta vizinho, Fleedes. Você viaja até lá e o que encontra é assustador. O planeta está quase inabitado.

Vá para a próxima página.

78

Há ruínas de cidades e áreas urbanas. Parece até que uma guerra ocorreu, mas não existem evidências de uma força vitoriosa no comando. Também há indícios da febre por aqui.

Se decidir realizar uma operação de limpeza, vá para a página 103.

Se optar por pesquisar o passado para encontrar a causa da praga ou do que quer que esteja arruinando essa civilização, vá para a página 104.

A poluição do ar, da água e da terra ocorreu rapidamente em Axle. Sua pesquisa revela que em apenas três gerações o ar se tornou quase irrespirável e a água, inadequada para ingestão. Pouca atenção foi dada ao que estava acontecendo, e os níveis tóxicos aumentaram depressa. Enquanto os líderes discutiam para encontrar soluções, as pessoas esperaram as coisas melhorarem. Então, a febre começou a se espalhar. Você descobre que a febre foi causada por uma combinação de poluentes e pelo declínio geral da saúde da população.

Você pode tentar fazer com que os axlianos restantes realizem algumas mudanças para deter a poluição. Se quiser fazer isso, vá para a página 105.

Se você acha que esse é um problema para o Tribunal Galático, vá para a página 106.

80

As histórias de todos os mundos incluem relatos tristes sobre pragas, febres, doenças e epidemias. Mas o pior de tudo é a doença causada por grande exposição à radiação. Você nunca checou se os reatores nucleares estavam emitindo níveis perigosos de radiação em Axle. É tão simples, tão óbvio. As pessoas se tornam descuidadas, as coisas mudam, acidentes acontecem. Essa febre não é causada por uma bactéria. É uma doença radioativa do pior tipo. Não existe cura.

FIM

As naves de perseguição seguem um rastro de febres infecciosas que se alastraram por diversos planetas, marcando sua tentativa maluca de fuga. Em pouco tempo, a notícia se espalha, e equipamentos protetores impedem sua tripulação de entrar na atmosfera de qualquer planeta. Três tripulantes morrem de febre, mas você não parece estar piorando, pode até ser que esteja melhorando... Então, você propõe algo surpreendente:

— Veja, vamos voltar para Axle, onde a febre começou. Só podemos encontrar a cura no começo de tudo.

De modo relutante, os outros membros concordam, e vocês voltam para Axle. Eles seguem seu conselho porque você demonstrou coragem e sabedoria em uma situação de estresse.

Se você acha que pode encontrar a cura, vá para a página 108.

Se não acha de verdade que algo pode ser feito, vá para a página 107.

82

Fuja! É tolice permanecer no meio dessa briga. Quem se importa com o motivo pelo qual eles estão brigando? Você aperta o botão de aceleração máxima e deixa a região.

Tiros de canhão a laser seguem seu rastro, mas as táticas de evasão direcionadas pelo computador permitem que você escape.

Finalmente, você volta a ficar sozinho no espaço.

FIM

Ninguém quer brigar de verdade. Muitos já foram mortos. Você negocia um acordo de paz entre as forças oponentes. Elas são tudo o que resta da grande armada de espaçonaves que têm lutado por mais de três mil anos galácticos. São os últimos sobreviventes. Até se esqueceram do motivo da guerra.

FIM

O Planeta Cynthia é um campo de batalha. A fumaça encobre as cidades. Os destroços se entulham na terra. Seu grupo ataca com armas a laser, mas as forças inimigas parecem fortes demais para que vocês possam contê-las. Suas tropas estão sofrendo grandes perdas; tudo está em ruínas.

Se conseguir deter o inimigo até sua fuga, vá para a página 90.

Se quiser desistir, vá para a página 91.

85

Recuar nem sempre é algo ruim. Lutar agora só levaria a mais destruição. Danos suficientes já foram causados. Afaste-se, abra caminho. Deixe o outro lado perceber o que está acontecendo também.

Conforme você se retira, o inimigo parece se surpreender. A fumaça desaparece, o barulho cessa. Eles também se retiram. Não há mais batalha.

FIM

A fuga parece fácil. Você engasga quando tenta colocar um dos discos na abertura que você tem na cabeça. É uma sensação estranha, ele está coberto por uma camada amarela macia e por cima dela há uma meleca vermelha e pequenos discos verdes. Que comida esquisita.

Você se mistura aos outros. Eles não dão muita importância para você, porque estão muito ocupados. O barulho que sai das caixas coloridas é atordoante para os seus sentidos. Você se afasta com um grupo deles. Imitando-os, você amassa papel e joga para todos os lados. Que costumes mais estranhos!

Do lado de fora, você entra em um grande veículo pintado de verde-claro. Alguém grita com você. O veículo é ligado e você é conduzido a um grande campo fora da cidade. Você vê uma enorme placa onde lê "Bem-vindo ao exército". Você não tem certeza, mas acredita que acabou de entrar para um grupo militar.

Se decidir permanecer e descobrir o que está acontecendo,
vá para a página 95.

Você tem uma arma secreta que ainda não usou. Se decidir usá-la,
vá para a página 98.

A fuga levará à recaptura. Você pode apenas seguir com a missão. Com a certeza de que nada pode feri-lo na Terra, você captura o que os terráqueos chamam de político (uma criatura muito perigosa), um estudante (também perigoso) e um funcionário do governo (não se sabe se é perigoso ou não). Todos se parecem. Seu scanner da mente revela que basicamente os três têm pensamentos parecidos. Pelo menos, todos começaram com as mesmas opiniões.

Ao longo do caminho, você para e aprecia a vista, mas rapidamente é encoberto por uma fumaça densa e cinza que sai de milhões de caixas pequenas com discos que se deslocam sobre fitas cinza.

Se decidir interrogar o estudante, vá para a página 96.

Se decidir interrogar o político, vá para a página 97.

88

Seu grupo de espaçonaves se reúne na formação em V. Você acelera o máximo que pode, procurando pela estranha nave e seus habitantes no espaço galáctico próximo. Os equipamentos de monitoramento de todas as espaçonaves estão ajustados na frequência errada. Você percebe que essas criaturas não emitem sinais de resposta parecidos com os de seres vivos e a nave também não reage de modo comum aos radares. O veículo é uma massa macia, gelatinosa, capaz de absorver a energia para seu próprio uso. Nenhum radar enviará sinais de volta a suas telas. Eles simplesmente se perderão.

E então, você vê, com a sorte de sua intuição. Está logo à frente. Seu grupo triangular de batalha se forma, diminui a velocidade e concentra sua força múltipla na nave desconhecida. Com um som repentino, a nave desconhecida irrompe e se desmaterializa.

Vitória? Você não sabe ao certo.

FIM

— Esqueça-os, irmão. Eles não têm nada de que precisamos. A vingança é um processo cansativo. — É a comandante espacial. Ela está falando com delicadeza.

— Bem, o que faremos agora? — Você sempre precisa de um plano.

— Estamos entrando em uma missão de busca. Sabe, meu novo amigo, nós costumamos encontrar coisas de que precisamos em outros planetas. Simplesmente as pegamos sempre que podemos. Tentamos não machucar ninguém, mas há riscos.

— Puxa! Vocês são piratas! Você acha que eu entraria nessa loucura? E o Corpo de Comando do Universo?

Você ouve a risada dos muitos pilotos espaciais, mas não sabe dizer se estão rindo de você ou apenas da ideia do Corpo de Comando do Universo.

Que confusão. O que fazer agora? Você simplesmente não sabe.

Decida no cara ou coroa e veja o que acontece.

Se der cara, vá para a página 99.

Se der coroa, vá para a página 100.

90

Há uma chance de fugir. Durante uma trégua na batalha, seu grupo foge para montanhas afastadas. A energia do laser, a espaçonave e os sistemas de comunicação misteriosamente desaparecem. Há apenas a sua própria energia. As armas são inúteis. Os rádios e os veículos são apenas peças de metal e plástico. Também não estão funcionando. Para sobreviver, vocês terão de caçar para encontrar alimento e ajudar uns aos outros.

FIM

Rendição! Se você não se entregar, tudo vai ser destruído. O que significa se render? Você está com medo, mas a história tem mostrado que os conquistadores não costumam permanecer nessa posição. Eles se tornam parte de uma nova civilização com características dos vencidos e dos vencedores. Mas desistir é o último recurso.

Depois de muito conversar com seu grupo, vocês decidem correr o risco da rendição e se unem aos conquistadores. Acabou.

FIM

92

O Corpo de Comando do Universo tem sérias notícias. Está havendo um grande esgotamento de energia nas galáxias. Ninguém conseguiu identificar a causa dessa perda, mas os sistemas de todos os quadrantes estão falhando: transporte, comunicação, suporte vital, todos eles. É como se uma bateria gigante estivesse se esgotando e enfraquecendo cada vez mais.

Você está completamente sozinho agora.

FIM

Bem, a moeda decidiu que você viria para cá. Que bela surpresa! Sua sorte reverteu o tempo e o espaço. Você voltou ao início. Tem mais uma chance. Tente de novo e boa sorte!

Vá para a página 1.

94

Nada mal. Você decidiu na moeda e venceu. A sala 100 é a Câmara da Liderança. Você vai se tornar comandante deste estranho mundo artificial. Vai aprender tudo o que precisa, verá tudo o que necessita ver. Então, guiará esse minimundo pelas galáxias, pesquisando, aprendendo mais e reunindo espécimes de outras formas de vida.

FIM

Aonde quer que você vá, as pessoas ou criaturas estão lutando. Elas querem mais terra, água, poder, ou talvez apenas animação. Você se torna um líder natural, porque as forças às quais você se une não têm líderes e estão cansadas de conflito. Depois de ouvir todas as reclamações, você se oferece para negociar a paz. Em sua primeira negociação com as forças hostis, você é capturado e a guerra segue.

FIM

— Certo, estudante, conte-me sobre você. A propósito, o que é um estudante?

O garoto está relaxado. Pelo menos, ele está fora da escola, e não tem medo de você.

— Bem, não sei. Ser estudante é como ser prisioneiro. Todo mundo diz o que você deve fazer, aonde ir, o que não dizer, e sempre gritam com você. É um saco.

Você fica chocado com o que ele diz. Afinal, você gostava de aprender coisas. Uma de suas professoras preferidas dizia que ela estava apenas passando adiante o Conhecimento Secreto das eras. Você acreditava nela e ainda acredita. Que dádiva para todos!

Você pergunta:

— Não tem nada de bom em ser estudante?

— Bem, as férias, e não há muito o que fazer. Dá para sobreviver.

— Você é perigoso? — pergunta a ele.

— Não, as pessoas pensam que sim. Mas não somos.

De repente, o estudante se levanta e o segura pelos braços. Você está preso. Agora, é prisioneiro dele. Ele diz:

— O que acha disso? Vou chamar a polícia.

Ele faz um telefonema e em pouco tempo você é levado por homens uniformizados. Será objeto de estudo nos próximos anos. Sua liberdade acabou para sempre.

FIM

— Um político, o que é isso? — você pergunta.

A pessoa resmunga, faz um muxoxo e começa a falar:

— O político ajuda as pessoas e as auxilia a tomar as decisões corretas. Somos muito, muito, muito IMPORTANTES! Sem nós, não haveria problemas. Quero dizer, sem nós, os problemas não pareceriam tão grandes... Bem, na verdade, o que quero dizer é que nós criamos mais problemas do que resolvemos e é assim que permanecemos no poder, porque alguém precisa resolvê-los.

O político começa a sorrir. Ele age de modo simpático e diz:

— Ei, espere um pouco. Você é de outro planeta. Poderíamos ficar famosos, você e eu. Pense nisso. O mundo inteiro vai querer ver você e saber mais. Eu serei seu empresário. Faremos sucesso!

Você sai de lá o mais rápido que consegue. Não quer fazer parte desse show de horrores. Mas, quando tenta sair, ele bloqueia seu caminho e você fica preso. Você permanece na Terra como um curioso ser do espaço.

FIM

98

Você se lembra de uma arma secreta que recebeu antes de sair da nave de pesquisa. É uma arma intergaláctica que torna o tempo mais lento. Quando você a usa, todos os movimentos e ações congelam no tempo. Ninguém se fere, e a simples liberação do campo de energia restaura o movimento. Você ativa o aparelho e desarma todas as pessoas dos dois lados. Em seguida, programa um salto no futuro para um lugar onde a paz é possível. É esquisito vagar com todas essas pessoas que parecem estátuas, mas, de repente, elas ganham vida novamente e se surpreendem com o novo mundo. Elas se esqueceram do passado e podem começar novamente.

FIM

Piratas de todas as idades e locais pegaram tudo o que conseguiram. Não importa se eles comandam navios, aviões ou naves espaciais. Eles vivem à margem da sociedade; precisam ser banidos.

Você e seu grupo de piratas são cercados por naves de perseguição do Corpo de Comando do Universo. Você é levado a uma escura galáxia distante e é vigiado por tropas do Universo. Seus dias de liberdade acabaram.

FIM

100

Como é divertido ser pirata! É uma vida boa, e o baú de tesouro na espaçonave está repleto de dinheiro do Corpo de Comando do Universo.

Mas então, um dia, você intercepta uma transmissão via rádio. O Corpo de Comando anuncia que todo o dinheiro é inútil, sem valor, e não será mais necessário nem usado. Um novo sistema de compartilhamento de alimentos, roupas e abrigo, que não usa dinheiro, foi implantado. Como piratas, vocês estão arruinados. Não têm mais nada a roubar.

FIM

O futuro da vida na Terra é quase demais para se pensar. Qualquer coisa pode acontecer. Você faz uma tentativa. Ao selecionar o futuro em cinquenta anos, você se vê em meio a um grupo de cerca de sessenta pessoas, todas jovens e aparentemente saudáveis. Elas lhe dizem que você faz parte de um seleto grupo que está prestes a sair em missão para encontrar outro planeta para viver. A Terra se tornou superpopulosa, muito poluída, desgastada e perigosa. Guerras, fome e doenças tornaram o planeta inabitável. Você não acredita muito nelas, mas parecem estar falando sério.

— Veja! — grita uma delas quando uma grande espaçonave chega. Vocês entram na nave e aceleram para o espaço. Tudo é muito familiar para você. Foi assim que começou, em uma nave espacial entre as galáxias. Está começando tudo de novo. Será que a aventura nunca vai terminar?

FIM

102

Então, a Terra era demais para você. Você queria fugir, não queria? Para onde? A qual planeta pode ir? A qual galáxia? Em que momento? A escolha é sua. Talvez de volta ao início.

FIM

Uma operação de limpeza é exatamente isso. Como você não encontrou evidências de criaturas vivas, várias naves pequenas são equipadas com aparelhos a laser que limparão a região de qualquer forma de vida bacteriana. É uma medida drástica, porque o laser destruirá todas as formas de vida. Mas a operação foi ordenada. Você não tem escolha a não ser realizá-la.

FIM

104

O passado costuma estar repleto de conhecimento e de soluções que o presente decidiu esquecer. Você analisa os bancos de dados dos computadores da nave para checar se já ocorreram incidentes parecidos. Houve pragas parecidas, e você descobre uma suposta cura. Foi usada em um planeta distante que era na maior parte desértico, mas tinha rios e altas montanhas entre os campos de terra. Essa cura exige o sacrifício de dez por cento da população. Supostamente, o sacrifício acalmará os deuses irados. É claro que os axlianos não vão concordar. Quem concordaria?

Não existe cura. A febre vai continuar se espalhando.

FIM

Como tentar convencer as pessoas a pararem de poluir o planeta, uma vez que elas têm feito isso há muito tempo?

Talvez seja uma tarefa inútil.

FIM

106

Você e os membros de sua equipe são transportados de volta à nave de pesquisa para relatar o que viram.

— Estamos certos de que o Tribunal Galáctico, sob o comando do Corpo de Comando do Universo, deve enviar um grupo de policiais para forçar a reforma em Axle.

— É mais fácil falar do que fazer. Isso significa interferir nos direitos de um planeta independente. Como podemos lhes dizer como viver? Eles estão apenas ferindo a si mesmos.

Seu relatório e sua recomendação são enviados ao Tribunal Galáctico. O tribunal é compreensivo, mas diz que não há nada que possa fazer. Axle terá de enfrentar os próprios problemas.

FIM

107

Impressionante! Inacreditável! O Corpo de Comando do Universo enviou forças policiais em naves de patrulha a Axle. Você e sua estação de pesquisa são forçados a aterrissar e se unir aos axlianos em uma quarentena permanente. Não existe cura!

FIM

108

Maravilhoso! Incrível! O que você vê em Axle é surpreendente. As pessoas estão melhores. A febre passou. A civilização está no caminho certo novamente. Eles o recebem com grande alegria. De maneira estranha, a cura é simples: descanso absoluto à luz das três luas de Axle por três semanas, sem alimentos sólidos, e líquidos apenas com moderação. Simples, antigo e eficiente. Você está curado e o futuro está à sua frente.

FIM

{ TESTE }

Não importa se você conseguiu voltar para casa ou ficou perdido no espaço. Teste seus conhecimentos e prove que sabe tudo sobre *Ao espaço e além*.

1) Qual planeta é o lar de seu pai?
   a. Kenda
   b. Croyd
   c. Terra
   d. Marte

2) Quem é Mermah?
   a. O gatinho de estimação que levou com você.
   b. O capitão da nave que comandou a expedição.
   c. Um simpático e prestativo membro da tripulação que se oferece para acompanhá--lo na jornada a Croyd.
   d. Uma estrela que você nomeou e observa afetuosamente com frequência.

3) Qual obstáculo está no seu caminho para Croyd?
   a. Uma chuva de meteoros.
   b. Uma estrela doze vezes maior que o sol.
   c. Um alienígena assustador conhecido como "monstro do espaço".
   d. Uma nave alienígena inimiga.

4) Quando você volta no tempo para a era dos dinossauros, qual deles se torna?
   a. Um pterodáctilo
   b. Um tiranossauro rex
   c. Uma barata
   d. Um velociraptor

5) Quem é Zogg?
   a. Um simpático alienígena que leva você à nave dele.
   b. Seu tio que vive em Kenda.
   c. O líder do circo espacial.
   d. Seu melhor amigo.

6) O que aconteceu quatro milhões de anos atrás na Garganta de Olduvai, na África?
   a. Houve um grande incêndio.
   b. Os primeiros desenvolvimentos humanos.
   c. Sua espaçonave bateu.
   d. Você não sabe; nunca esteve lá.

7) Quem amaldiçoou você?
   a. Os indivíduos meio objeto, meio organismo que você se recusou a ajudar.
   b. Mermah, quando você disse a ele que não queria ser seu melhor amigo.
   c. Seu pais, quando você escolheu ir a Croyd, não a Kenda.
   d. Ninguém. Como você poderia ser amaldiçoado? Você tem uma sorte incrível.

8) Quem é Eus?
   a. Um dos primeiros seres humanos que você encontrou ao longo de suas viagens pelo tempo.
   b. A mãe de seu amigo de infância.
   c. Um pônei do circo espacial.
   d. A líder noomaniana da caravana espacial.

9) Quando voltou no tempo, você percebeu que o início é...?
   a. O fim
   b. Nada
   c. Um tempo divertido
   d. Uma torta

10) Buracos negros são...?
   a. Geralmente inofensivos
   b. Perigosos e preocupantes
   c. Divertidos para brincar
   d. Fáceis de sair

Respostas: 1-a; 2-c; 3-b; 4-d; 5-c; 6-b; 7-a; 8-d; 9-a; 10-b

IMPRESSÃO E ACABAMENTO
YANGRAF
GRÁFICA E EDITORA LTDA.
WWW.YANGRAF.COM.BR
(11) 2095-7722